Y Pitsa Perffaith

Scoular Anderson

Addasiad Wil Morus Jones

Gomer

Nodyn i athrawon: Ar wefan Gomer mae llu o syniadau dysgu a thaflenni gwaith yn barod i chi eu llwytho i lawr a'u defnyddio yn y dosbarth.

Cofiwch ymweld â'r safle www.gomer.co.uk

Argraffiad Cymraeg Cyntaf – 2006

ISBN 1 84323 494 7

Cyhoeddwyd gyntaf ym Mhrydain gan
A & C Black Publishers Ltd., 37 Soho Square,
Llundain W1D 3QZ
dan y teitl *The Perfect Pizza*

ⓣ testun a'r lluniau gwreiddiol: Scoular Anderson,
2000 ©
ⓣ testun Cymraeg: ACCAC, 2006 ©

Cyhoeddwyd gyda chymorth ariannol Awdurdod
Cymwysterau Cwricwlwm ac Asesu Cymru.

Dymuna'r cyhoeddwyr gydnabod cymorth
Adrannau Cyngor Llyfrau Cymru.

Argraffwyd gan
Wasg Gomer, Llandysul, Ceredigion SA44 4JL

PENNOD 1

Brysiodd Dai Dewin, mab y dewin, adref o'r ysgol. Rhedodd lan y llwybr tuag at ei ddrws ffrynt a sefyll ar flaenau'i draed i gyrraedd cnocar mawr y drws.

3

Roedd wyneb go ryfedd gan y cnocar ,
a rhoddodd Dai gryn gnoc iddo fe.

'Aw!' meddai'r cnocar.

Fe fyddai'r cnocar bob amser yn dweud
hyn – byth ers i dad Dai ddefnyddio'i
ddewiniaeth arno fe mewn camgymeriad

'Oedd 'na unrhyw bost heddiw?'
gofynnodd Dai i'r cnocar.

Peilot awyren oedd mam Dai. Roedd
hi byth a beunydd yn hedfan i
bedwar ban y byd a byddai bob
amser yn anfon cerdyn at Dai.

Aeth y cnocar i hwyliau drwg.
Roedd Dai ar fin rhoi cnoc iddo
fe eto pan agorodd y drws.

Roedd Mr Dewin yn sefyll yno, yn gwenu. Roedd ganddo lwmp o does mewn un llaw a lwmp o eira yn y llaw arall.

Dilynodd Dai ei dad i lawr y cyntedd ac i'r gegin.

Yn y gegin roedd lympiau o does
pitsa a lympiau o eira ym mhobman.
Ac roedd yr eira'n dadlaith.

8

Casglodd Mr Dewin yr eira i gyd a'i roi mewn powlen.

Roedd Dai yn teimlo'n eithaf pryderus. O, pam na fyddai ei dad yn gwneud bwyd yn y ffordd arferol?

Ochneidiodd Dai
a phlygu i roi
mwythau
i'r ci.

'Beth sydd wedi digwydd i'r ci?'
gofynnodd Dai. Edrychodd Mr Dewin
arno yn llawn cywilydd.

Aeth Dai at y drws cefn ac edrych allan trwy'r ffenestr. Roedd Pero, y ci go iawn, ar riniog y drws ac roedd e'n edrych yn anhapus iawn.

PENNOD 2

Fe ddechreuodd tad Dai egluro.

15

16

Dewin anobeithiol oedd tad Dai.
Roedd yn rhaid i Dai ddatrys pob
problem ar ôl i ddewiniaeth ei dad
fynd o chwith.

'Peidiwch â phoeni, Dad,' meddai
Dai. 'Fe af i â Meri-Mew at y milfeddyg.'

'Syniad da,' meddai Mr Dewin. 'Ac
fe wna i'n siŵr y bydd y pitsa'n barod
erbyn i ti ddod yn ôl.'

Fe frysiodd Dai allan o'r tŷ. Doedd e
ddim wedi cael amser i ddarllen carden
bost ei fam.

17

Eisteddodd Dai yn ystafell aros y
milfeddyg yn teimlo'n anghysurus
iawn. Gan mai Meri-Mew y ci oedd
Meri-Mew y gath mewn gwirionedd,
doedd e ddim yn hoffi bod yn agos
at gŵn eraill.

Yn gyntaf,
fe neidiodd
ar lin Dai.

Yna, fe geisiodd neidio ar ysgwyddau Dai.

O'r diwedd daeth tro Dai i weld y milfeddyg.

19

'Beth ydy'i enw fe?'

'Ei henw hi ydy Meri-Mew. Mae ganddi hi bawen boenus.'

Cododd y milfeddyg Meri-Mew ar
y bwrdd. 'Sut yr anafodd Meri-Mew
ei phawen?' holodd.

Edrychodd y milfeddyg ar bawen Meri-Mew.

Rhoddodd y milfeddyg bigiad
i Meri-Mew i wneud iddi deimlo'n
well.

Rhoddodd y milfeddyg rwymyn am bawen Meri-Mew.

Brysiodd Dai o feddygfa'r milfeddyg
a mynd am adref. Roedd e'n dechrau
teimlo'n llwglyd.

Roedd e'n gobeithio y byddai'r pitsa
yn barod gan ei dad.

PENNOD 4

Cerddodd Dai lan y llwybr at y drws ffrynt a chnocio'r cnocar gyda chryn ergyd.

BANG-BANG BANG-BANG BANG!

Aw! Wyt ti'n trio cnocio fy nannedd i mas?

Wyt ti wedi darllen y garden gan dy fam bellach?

Meindia dy fusnes.

Roedd Dai ar fin dweud wrth y cnocar
am gau ei geg pan agorodd Dad
y drws.

Dilynodd Dai ei dad i'r gegin.
Roedd llanast ofnadwy yno.

Dechreuodd Dai awchu am y bwyd. Roedd e'n ddigon llwglyd i fwyta pitsa cyfan. Ond doedd dim golwg o'r pitsa yn unman.

'Ble mae e?' gofynnodd Dai.

'A!' meddai ei dad. 'Fe ges i ychydig o drafferth gyda'r cig moch.'

31

Aeth Dai at y drws cefn i edrych mas.
Roedd yna fochyn cwta bychan yn
eistedd ar y stepen drws.

'O Dad,' meddai Dai. 'Beth ydych chi wedi'i wneud nawr?'

Dechreuodd Dad egluro.

Nawr roedd gan y Dewiniaid gath oedd yn edrych fel ci, a chi oedd yn edrych fel mochyn cwta. Ac roedd y mochyn cwta yn llawn o bitsa.

'Fe wna i ychydig o wyau wedi'u sgramblo,' meddai Dad.

PENNOD 5

Disgwyliodd Dai ei dro ym
meddygfa'r milfeddyg. Roedd Pero'n
ymddwyn yn rhyfedd iawn. Er ei fod
yn edrych fel mochyn cwta, roedd e'n
ymddwyn fel ci. Doedd y bobl eraill
yn yr ystafell aros ddim yn gallu
tynnu'u llygaid oddi arno fe.

Syllodd y milfeddyg ar Dai hefyd.

Dododd Dai Pero ar y bwrdd.

Eglurodd Dai am Pero yn bwyta'r pitsa cyfan.

Rhoddodd
  y milfeddyg
    foddion
      i Pero.

Edrychodd
y milfeddyg
yn rhyfedd ar Dai.

Aeth Dai â Pero adref. Roedd e'n
gobeithio fod ei dad wedi gorffen
gwneud yr wyau wedi'u sgramblo.
Roedd e bron â llwgu.

PENNOD 6

'Swper mewn pum munud,' meddai Dad. 'Mae'n rhaid i mi dacluso'n gyntaf.'

'O'r diwedd,' meddai Dai. 'Fe fydda i'n gallu darllen carden Mam tra dwi'n aros.'

Ar y tu blaen roedd llun o Hawaii.

Ar y cefn roedd hi wedi ysgrifennu . . .

Annwyl Dai,
Dyma garden arall i'w adio at dy gasgliad. Rwy'n gobeithio bod y ddau ohonoch yn byhafio!

Dai Dewin,
7 Heol y Coed,
Cwmdu
CF30 AB2

Ar yr union foment honno fe ddaeth
Mrs Dewin mas o dacsi.

Cerddodd lan y llwybr tuag at y drws
ffrynt.

Rhoddodd Mrs Dewin glep
gwirioneddol galed i'r cnocar.

Bydd Mrs Dewin fel arfer yn cyrraedd gartref yr un pryd â'i chardiau post.

Rhedodd Dai i lawr y grisiau i agor y drws. Roedd e'n gobeithio na fyddai ei fam yn sylwi ar unrhyw beth anarferol.

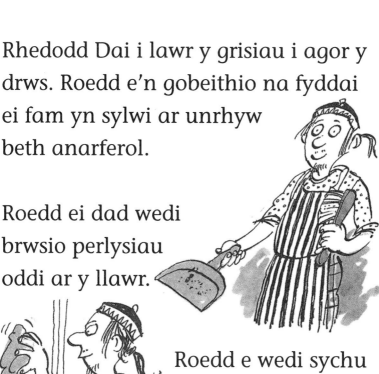

Roedd ei dad wedi brwsio perlysiau oddi ar y llawr.

Roedd e wedi sychu caws oddi ar y drysau.

Roedd e wedi crafu tomatos oddi ar y nenfwd.

Roedd y gegin yn edrych yn eithaf glân ar ôl paratoi'r pitsa.

Roedd Meri-Mew yn ei hoff le ar ben y wardrob. Roedd yn edrych fel cath unwaith eto, er ei bod yn dal yr un maint â chi.

CHWYRRRNU!

Roedd Pero'r ci mas yn yr ardd. Roedd e'n ôl mewn siâp ci unwaith eto, er ei fod yn edrych fel pitsa.

Teimlodd Dai ei bod yn ddigon diogel i agor y drws.

45

Roedd Mam wedi prynu crys-T i Dai
a chrys i Dad.

Roedd hi hefyd wedi dod â bwyd.

Eisteddodd y Dewiniaid wrth y bwrdd
i fwyta. Roedd y pitsa'n flasus, ond
doedd mam Dai ddim yn rhy siŵr.

'Does dim digon o domato ar y pitsa
yma,' meddai. 'Fe fyddai ychydig o
saws tomato'n dda arno fe.'
Gwelodd Dai lygaid ei dad yn pefrio.

Daliodd ei anadl. Yn sydyn, fe hedfanodd y botel saws mas o'r cwpwrdd . . .

. . . a glanio'n ysgafn ar y bwrdd.

Winciodd Dad ar Dai. Ambell dro – ie, ambell dro – fe fyddai'r ddewiniaeth yn gweithio.